This adventure belongs to:
* * *
Esta aventura pertenece a:

_____

THE ADVENTURES OF
MR. MACAW
LAS AVENTURAS DEL SR. MACAW

BY LETICIA ORDAZ

ILLUSTRATED BY YANA POPOVA

Cielito Lindo Books

Maxton and Bronx raced ahead of Mami and Papi into their summer home. The little house in Mexico always felt like a cozy blanket even though Abuelito Kiki and Abuelita Anita no longer lived there.

Maxton y Bronx corrieron en frente de Mami y Papi a su casa de verano. La casita en México siempre se había sentido como una cobija calientita aunque Abuelito Kiki y Abuelita Anita ya no vivan allí.

"Where's the purple box?" asked Bronx, the younger of the two brothers.
"Here it is!" shouted Maxton. The boys ripped off the tape and tossed the lid.

"¿Dónde está la caja morada?" preguntó Bronx, el más joven de los dos hermanos.
"¡Aquí está!" gritó Maxton. Los chicos arrancaron la cinta y lanzaron la tapa.

"Hola, Mister Macaw," Bronx greeted Abuelito's old kite.
Maxton lifted it above his head. "I bet you're ready to fly with
your best friends!"

"Hola, Señor Macaw," Bronx saludó al viejo papalote de Abuelito.
Maxton lo levantó sobre su cabeza. "¡Apuesto a que estás listo
para volar con tus mejores amigos!"

"SQUAWK! Good to see you, niños! Let's go fly! I was worried you boys weren't coming because of the tropical storm." Bronx giggled. "That just makes things more exciting!" "We're not worried. Abuelito Kiki is watching over us," explained Maxton.

"¡CRUAC! ¡Me alegro de verlos, niños! ¡Vamos a volar! Me preocupaba que ustedes no vendrían por la tormenta tropical." Bronx se rió. "¡Eso hace las cosas más emocionantes!" "No estamos preocupados. Abuelito Kiki está cuidándonos," explicó Maxton.

Off to the beach they went with Mami and Papi.

A la playa se fueron con Mami y Papi.

"SQUAWK!"
Mr. Macaw soared so high.

"¡CRUAC!"
El Sr. Macaw se elevó tan alto.

"Now that I'm seven, I don't need Papi's help," said Maxton.
"Abuelito Kiki would be proud," said Mami.

"Ahora que tengo siete años, no necesito la ayuda de Papi," dijo Maxton.
"Abuelito Kiki estaría orgulloso," dijo Mami.

"When Abuelito was a teenager, he was a great lifeguard. He saved several children who'd been swept away by giant waves. The magical kite was given to him by one of the familias," said Papi.
Bronx nodded. "We love that Mr. Macaw is a part of our familia."

"Cuando Abuelito era un joven, fue un gran salvavidas. Salvó a varios niños que fueron arrastrados por olas gigantes. El papalote mágico fue un regalo de una de las familias," dijo Papi.
Bronx asintió. "Nos encanta que el Sr. Macaw es parte de nuestra familia."

Mr. Macaw flew down. "It's Bronx's turn!"

Bronx ran down the beach with Mr. Macaw. Then he let go. "Can you fly by yourself?"

"Oh, no!" Maxton said. "Let's grab him!"

Maxton jumped and caught Mr. Macaw by the string before he could fly away.

"Sorry," Bronx said. "I was just testing out his super-wing power."

Mr. Macaw said, "SQUAWK! That gives me an idea."

El Sr. Macaw voló hacia abajo. "¡Es el turno de Bronx!"

Bronx corrió por la playa con el Sr. Macaw. Luego lo dejó ir. "¿Puedes volar solo?"

"¡Oh, no!" Maxton dijo. "¡Vamos a agarrarlo!"

Maxton saltó y atrapó al Sr. Macaw por el hilo antes de que volara lejos.

"Lo siento," dijo Bronx. "Sólo estaba probando sus súper alas ponderosas."

Sr. Macaw dijo, "¡CRUAC! Eso me da una idea."

The winds were getting stronger.
"Yikes," Bronx said. "A tropical storm is coming. Let's bring Mr. Macaw back to us."

Los vientos se estaban poniendo más fuertes.
"Rayos," dijo Bronx. "Una tormenta tropical se acerca. Vamos a traer al Sr. Macaw de vuelta."

Suddenly, a gust of wind moved in and took Mr. Macaw away.
"SQUAWK!"

De repente, una ráfaga llegó y se llevó al Sr. Macaw lejos.
"¡CRUAC!"

"Mr. Macaw, come back!" shouted Maxton.

"¡Sr. Macaw, regresa!" gritó Maxton.

"SQUAWK! It's okay. Abuelito Kiki told me to always look after the village. I'm off to see if anyone needs help," said Mr. Macaw.
Maxton, Bronx, Mami, and Papi ran after him. He flew over the buildings, then disappeared.

"CRUAC! Está bien. Abuelito Kiki me dijo que siempre cuidara al pueblo. Voy a ver si alguien necesita ayuda," dijo el Sr. Macaw.
Maxton, Bronx, Mami, y Papi corrieron tras él. Voló sobre los edificios y desapareció.

"Mr. Macaw might get lost in the storm," Maxton exclaimed to Tomás, the mayor of the village.
"Boys, you can count on me. I'll find Mr. Macaw. Everyone loves seeing the magical kite fly every summer," said Tomás. "I'll text the entire village to keep an eye out for him."

"El Sr. Macaw podría perderse en la tormenta," Maxton le explicó a Tomás, el alcalde del pueblo.
"Chicos, pueden contar conmigo. Encontraré a Sr. Macaw. A todos nos gusta ver al papalote mágico volar cada verano," dijo Tomás. "Voy a enviarle un mensaje a todo el pueblo para que estén pendientes."

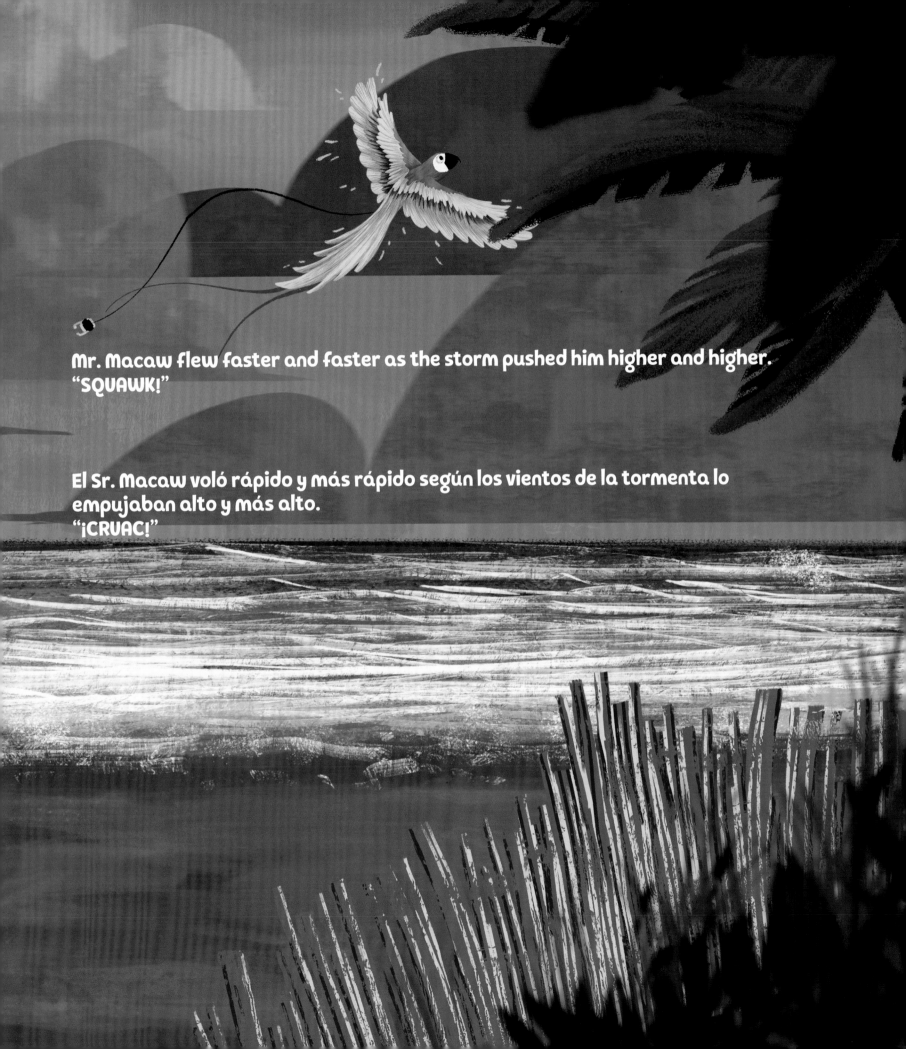

Mr. Macaw flew faster and faster as the storm pushed him higher and higher.
"SQUAWK!"

El Sr. Macaw voló rápido y más rápido según los vientos de la tormenta lo empujaban alto y más alto.
"¡CRUAC!"

¡TENGO HAMBRE! I'M HUNGRY!

Mr. Macaw flew through the rain. He watched a group of girls playing soccer in the street.
A paletero pointed at him. "Look, that's Mr. Macaw! Tomás said we must help get him back to Maxton and Bronx. He's the family's old kite!"

Mr. Macaw swooped down to take a bite of a girl's paleta de piña.
The child grabbed the kite for a second, but the wind pushed Mr. Macaw back up.

Sr. Macaw voló a través de la lluvia. Observó a un grupo de niñas jugando fútbol en la calle.
El paletero apuntó hacia él. "¡Miren, es el Sr. Macaw! Tomás dijo que debemos ayudarlo a regresar con Maxton y Bronx. ¡Es el viejo papalote de la familia!"

Sr. Macaw bajó a morder la paleta de piña de una niña.
La chica agarró el papalote por un segundo, pero el viento empujó a Sr. Macaw de nuevo.

He headed toward the marina to check on everyone. María, the captain of a small fishing boat, tried to grab Mr. Macaw's string.
But the winds pushed the kite away.

Se dirigió hacia la marina para chequear a todos. María, la capitana de un pequeño barco de pesca, intentó agarrar el hilo de Sr. Macaw.
Pero los vientos alejaron al papalote.

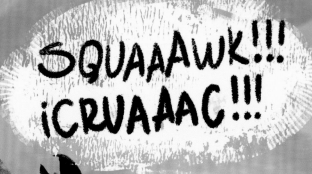

María shouted, "It looks like the storm is moving away from the village. We are all safe. Go back home!"

María gritó, "Parece que la tormenta se aleja del pueblo. Todos estamos a salvo. ¡Vuelve a tu casa!"

Back at Abuelito's old home, Tomás' phone kept ringing.
"We saw Mr. Macaw with the girls playing soccer."
"We saw Mr. Macaw in the village eating paletas."
"We saw Mr. Macaw near the marina."

En la casa vieja de Abuelito, el teléfono de Tomás seguía sonando.
"Vimos a Sr. Macaw con las chicas jugando fútbol."
"Vimos a Sr. Macaw en el pueblo comiendo paletas."
"Vimos a Sr. Macaw cerca de la marina."

Bronx pointed to something bright in the sky. "It's Mr. Macaw!"
The kite swooped down towards Maxton, Bronx, Mami, and Papi, but a
gust of wind pushed him up into a palm tree.

Bronx señaló algo brillante en el cielo. "¡Es el Sr. Macaw!"
El papalote se abalanzó hacia Maxton, Bronx, Mami y Papi, pero una
ráfaga de viento lo empujó hacia una palma.

"Mr. Macaw, we're coming for you," Maxton shouted.

Tomás climbed up to get the magical kite.

"Sr. Macaw, vamos por ti," gritó Maxton.

Tomás se trepó para agarrar al papalote mágico.

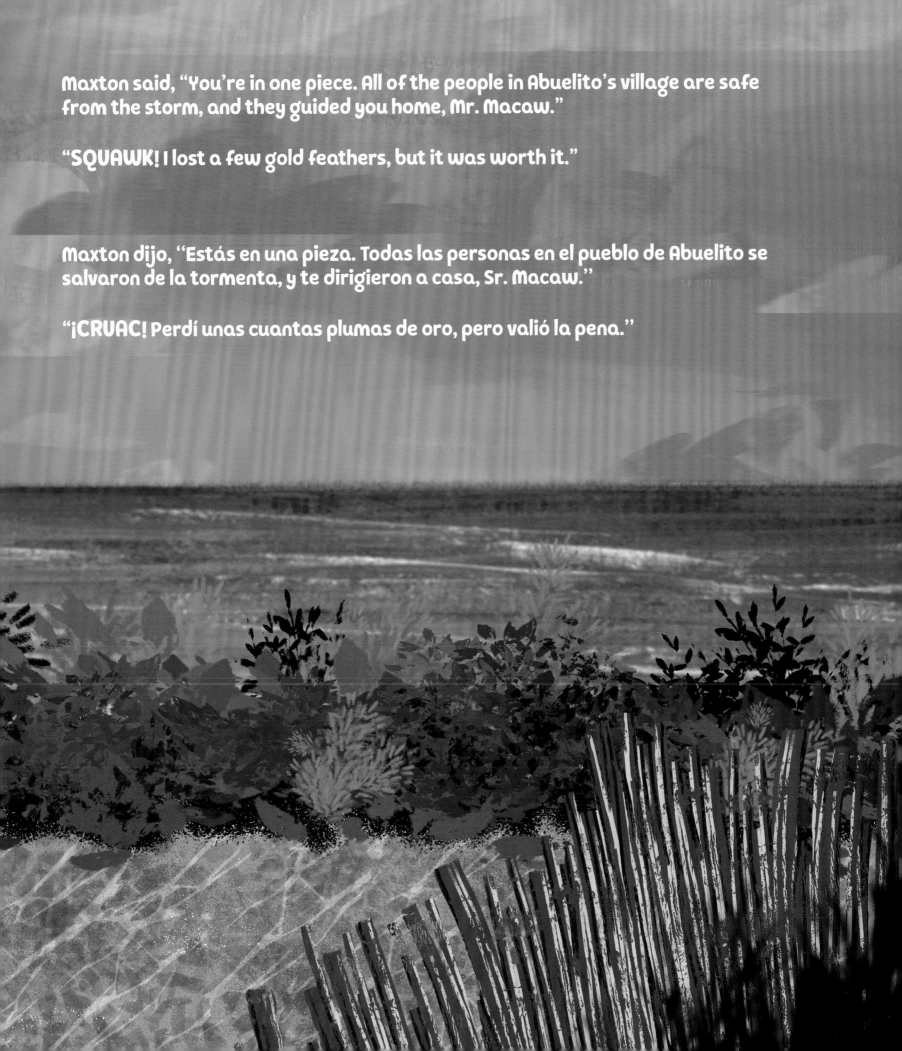

Maxton said, "You're in one piece. All of the people in Abuelito's village are safe from the storm, and they guided you home, Mr. Macaw."

"SQUAWK! I lost a few gold feathers, but it was worth it."

Maxton dijo, "Estás en una pieza. Todas las personas en el pueblo de Abuelito se salvaron de la tormenta, y te dirigieron a casa, Sr. Macaw."

"¡CRUAC! Perdí unas cuantas plumas de oro, pero valió la pena."

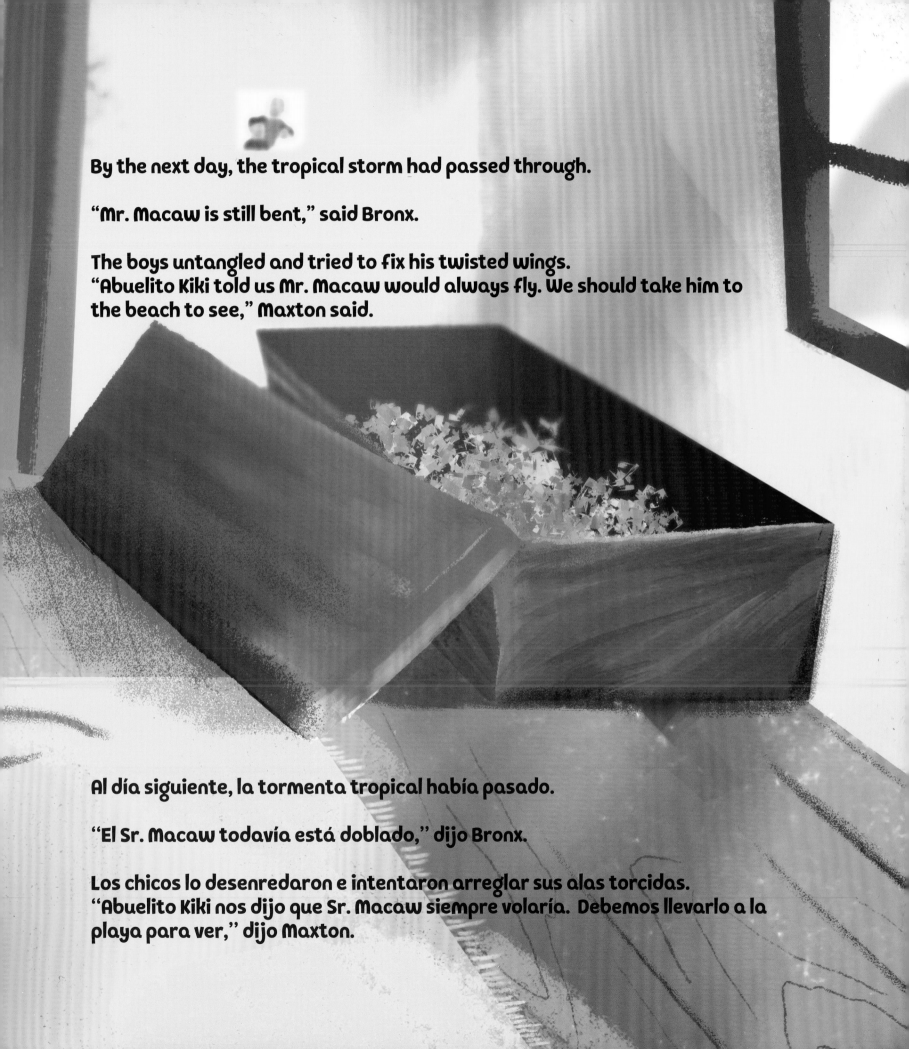

By the next day, the tropical storm had passed through.

"Mr. Macaw is still bent," said Bronx.

The boys untangled and tried to fix his twisted wings.
"Abuelito Kiki told us Mr. Macaw would always fly. We should take him to the beach to see," Maxton said.

Al día siguiente, la tormenta tropical había pasado.

"El Sr. Macaw todavía está doblado," dijo Bronx.

Los chicos lo desenredaron e intentaron arreglar sus alas torcidas.
"Abuelito Kiki nos dijo que Sr. Macaw siempre volaría. Debemos llevarlo a la playa para ver," dijo Maxton.

At first, Mr. Macaw wouldn't take off, and the boys felt discouraged.
Suddenly, a gust of wind filled Mr. Macaw's damaged wings.

Like magic, the bent wings opened and took Mr. Macaw high into the sky.

Al principio, Sr. Macaw no quería despegar, y los chicos se sintieron desanimados.
Entonces, una ráfaga de viento llenó las alas dañadas de Sr. Macaw.

Por arte de magia, las alas dobladas se abrieron y llevaron a Sr. Macaw volando alto al cielo.

"He can do magic!" said Bronx. "You can't even tell he flew through a storm."
"Just like the people in this beautiful village, the spirit of Mr. Macaw will never be broken," said Maxton.

"¡Puede hacer magia!" dijo Bronx. "No se nota que voló por una tormenta."
"Al igual que la gente en este hermoso pueblo, el espíritu de Sr. Macaw nunca se romperá," dijo Maxton.

Para Maxton y Bronx

I love you to the moon and back & forevermore.

Tu mami, L.O.B.

The Adventures of Mr. Macaw, (Las Aventuras del Sr. Macaw)

Text Copyright © 2019 by Leticia Ordaz
Illustrations Copyright © 2019 by Yana Popova
Book Design: Yana Popova
First Edition

Library of Congress Control Number: 2019949554
ISBN: 978-1-7332942-0-1

AUTHOR'S NOTES

The Adventures of Mr. Macaw, (Las Aventuras del Sr. Macaw) is a bilingual story that shows the love between two brothers and their mystical kite, Mr. Macaw. During their adventure in Mexico, a tropical storm hits. Mr. Macaw gets swept away and goes on quite the adventure. Their kite, given to them by their Abuelito Kiki, could be destroyed or lost in the storm, but they soon find out they can count on the village to help guide their best friend and bring him back home.

This book was inspired by an adventure my own boys had with their kite, Mr. Macaw during the approach of Hurricane Bud in San Jose Del Cabo, Mexico. Luckily, this weather event downgraded to a tropical storm. The winds really did take their kite away and they got to see the big heart of the Mexican village. Thanks to a lot of caring people, Mr. Macaw is back in their hands and continues having adventures with Maxton and Bronx.

NOTAS DEL AUTORA

Las Aventuras del Sr. Macaw es una historia bilingüe que muestra el amor entre dos hermanos y su papalote mágico, el Sr. Macaw. Durante su aventura en México, una tormenta tropical llega. El viento se lleva al Sr. Macaw en una aventura. Su papalote, el cual fue un regalo de su Abuelito Kiki, puede ser destruido o perdido en la tormenta, pero pronto se darán cuenta que pueden contar con el pueblo para guiar a su mejor amigo y traerlo de vuelta a casa.

Este libro fue inspirado por una aventura que mis propios chicos tuvieron con su papalote, el Sr. Macaw, durante el acercamiento del Huracán Bud en San José del Cabo, México. Afortunadamente, este evento bajó a una tormenta tropical. Los vientos realmente se llevaron a su papalote y ellos lograron ver el gran corazón del pueblo Mexicano. Gracias a mucha gente cariñosa, el Sr. Macaw está de vuelta en sus manos y continúa teniendo aventuras con Maxton y Bronx.